평면과 큐브

김춘리 시집

시인의 말

풍경이 잘린 후
우리들이 사다 놓은 얼굴을 볼 수 있었다

내가 사 온 얼굴과
남들이 사다 준 얼굴들이 뒤섞여서
이름이 기억나지 않았다

방명록을 뒤적이며
목소리가 묻어 있는 얼굴을 찾아
씻기 시작했다

차 례

● 시인의 말

제1부 모자와 불가사리

제2부 노골적인 슬픔

제3부 커서스Cursus

제4부 노매드

제1부

평면과 큐브

칼

내 귀에는 갈색으로 변한 칼자국이 남아 있다
칼자국이 서로의 귀를 잡고 있다
푹 익은 사과를 깎으면 외로움이 없어질까
사과를 먹고 나면 칼이 사라질까

더 많은 귀가 필요한 시간에는 사과를 사러 가고
지루한 날에는 칼과 사과를 잡아당긴다
둥근 그림자만 남기고 사과를 먹는다

그림자는 젓가락으로 집어라

썩은 사과로 어떻게 젖은 눈물을 통과할 수 있을까
사과 대신 탁자를 선택했어요

외로움이 익는 동안
탁자를 사과라고 부르거나 시계를 그림자라고 부르거나
썩은 사과를 도려낸 손가락으로 칼을 숨긴다

여름 필름

호밀들이 필름처럼 흔들린 시간
장화를 벗어 놓고 새가 오길 기다린다
커피를 끓이거나 구운 통밀을 빻을 때
앉거나 서는 것을 냄새로 알아채는 새의 발가락

머리와 이마의 경계가 모호한 새는

장화였구나

나는 불쑥 태어나서 키가 작았다
발꿈치를 들거나 턱을 뒤로 젖히는 에어 풍선
태양을 가리는 일은 손목의 일이어서
서 있어도 키 작은 호밀밭은 바빴다

호밀밭 사이 듬성듬성 포도나무를 심는다
그늘이 필요하거나
어린 포도송이에서 비린내가 날 때
웃자란 호밀은 베지 말고 눕혀줘

구겨져 있는 나를 일으킬 알람이 필요해

반 바퀴를 지나 시소처럼 움직이는 괘종시계
포도 껍질을 뱉으면 알람은 풍선이 되어 날아갔다

장화를 반으로 자르고 흰 페인트를 칠한다

저걸 보렴, 방주가 호밀밭 위를 가르며 떠가는구나

호밀은 물속에서 흔들려, 흔들려, 흔들리고
새와 포도나무의 경계가 모호해져서
나는 키가 커 보이려고 일어선다

모자와 불가사리

리즐링 와인에 여름을 타 줄게
알코올 냄새가 나지 않도록
푹 떠서 넣으면 돼

밤이 되면 구름은 붕대이거나 지붕 위에 널어놓은 장갑
손이 지나가는 동안 별자리는 구겨지고
우리는 칼로 불가사리를 떼어낼 수 있었다

동물 분류법으로 본 어류와 극피동물에 대해
손을 당기던 촉수와 말라붙은 껍질에 대해
사전을 뒤적거린다

우리의 판돈은 부드럽고 축축한 주름

텐트를 치고
우비 입은 노인과 불가사리가 그려진 카드를 돌리며
여름에 헤어질 확률을 계산한다

손 감출 모자가 필요해

칼과 불가사리로 모자를 만들거나
손가락에 네일아트를 조각해 넣으면
불가사리 핏줄이 살아난다는데

우리가 불가사리를 모자로 쓸 수 있을까

여름이 오자마자 불가사리들이 죽기 시작했다

배교
— 이 용어는 때로는 비종교적 신념이나 비종교적인 원인의 포기를 나타내기 위해 은유적으로 사용된다

최후의 악몽은 가볍고 투명해요

홈쇼핑에서는 아이슬란드행 비행기 표를 팔고
변기에 앉아 비행기를 접어요

유리 탁자에는
곤충들이 뱉어 놓은 이명들로 가득한데

요일을 잃어버린 줄도 모르고
모자를 벗고

컵라면을 사랑하고 컵밥을 만지며
고요하게 목마르고

편의점에서 마주치는 얼굴들

저녁밥 뭉쳐둔 은박지를 구기며
들키지 않으려고

답 적힌 신문지로 면사포를 쓰고
고시원 삼거리를 지나가요

전구 꺼진 만화책방은 오답을 저장하기 좋은 곳

건물 안에는 만화책들이 자라나고
골목은 시험문제 정답을 찾지 못해 헤매고
웅크린 어깨를 비트는 사이

병은병을낳고병은병을낳고병은페트병을낳고

투명한 플라스틱병들이 분열해요

언제쯤 꿈에서 깰 수 있을까

딸각, 네온사인이 돌아가는 신림동 254번지
아무도 아프지 않았고

밤이 되면

책장을 넘기던 책들이

미친 듯이 오로라를 찾아 골목을 두리번거려요

박제사 Q

아직 살아 있지는 않을까

줄무늬 선명한 시베리아 호랑이
비린내와 포르말린과 솜뭉치들

가죽을 벗기고 피를 쏟아내도
붉은 덩어리에서 눈물은 흐르지 않았다

한때 세상에 대해 살의를 느낀 적 있었다
한 자루 칼로 가죽만 남은 세상을 바라보고 싶었다

털은 아름답고 황홀했다

가죽이 탐이 나서 가죽을 뒤집어썼다

사람들이 우러러볼 줄 알았는데 무섭다, 무섭다
모두들 피했다

이것은 가죽일 뿐이라고 사람들에게 악수를 청했지만
못 본 척 지나친 말이 차곡차곡 쌓여
숨이 막힐 때마다 어흥 소리가 났다

박제는 죽음에서 생명을 기억하는 일

가장 공을 들이는 곳은 눈, 눈을 잘 말려야 한다

그러나 가죽이 수축할수록 눈빛은 흐려지고
날카로운 공포는 박제되지 않았다.

그리운 사람들이 떠난 도시에서
가죽을 꿰매던 핀으로 자신을 꿰매고 있었다

거울을 볼 때마다
신이 내장을 꺼내 갔다는 생각에
Q는 포르말린 냄새가 나지 않는지
창문을 열어두는 습관이 생겼다

언젠가부터 몸에서 털이 자라기 시작했다

창문을 보니

호랑이 한 마리 우두커니 Q를 쳐다보고 있었다

기념일

해변에 있는 소돌 슈퍼는 애니가 좋아하는 가게다 밀가루와 설탕을 할인해 주기도 하고 방울토마토에서 방울 소리가 나면 구름 위의 장미를 주기도 하는데 반값에 세일 하는 주걱을 사던 날 그날을 기념일이라고 불렀지 애니는 반년마다 기념일을 챙겼지 기념일엔 유통기한 지난 통조림을 뜯었고 애정과 분노가 가득한 드라마를 보며 녹슨 통조림을 먹었지

경멸의 자세는 낭만적이야
일종의 식욕이니까

애니는 주걱을 애인이라 번역했지 요리를 배우기 위해 기차를 타야 된다고 생각했지만 늘 향하는 곳은 버스정류장, 해변의 방파제는 계단처럼 보이고 파도가 치면 허물어지고 계단에 올라탄 애니의 출항이 시작되었지 정착이란 물로 뛰어드는 것이어서 모래찜질하거나 고깃배를 타거나 달아오른 숨소리도 다 해변의 일이었지 봉돌은 무거운 것으로 애기*는 화려한 색으로 미끼가 돼지비계면 낚시의 확

률은 높아졌지 문어들이 걸려들었어

우리는 두 마리 문어였고

애니는 다음 기념일을 세고 있었지

빨판이 달라붙은 유리창으로 해변의 소돌 슈퍼 간판이
보였지

* 애기 : 봉돌과 함께 매달아 물고기를 유인하는 장치.

파적

100분 안에 다 먹어야 해
무한리필이니까

말미잘은 어떤 맛인지 알 수 없지만 주어진 시간 안에 최
대한 많이 먹으려면 마스크를 벗을 것 닭발과 오리를 구별
할 것 핏기 있는 것은 투명하게 구울 것 잊지 말고 마리네
이드를 곁들일 것 접시에 담긴 계란프라이는 미끄럽게 계
단을 핥던 시계는 동그랗게 식탁보처럼 접어줘

무한리필이니까

불판에 달궈진 궤도를 따라
올라오는 엘리베이터를 적막이라고 불렀어

폭식으로 눈물이 날 때
오렌지와 토마토를 속이 쓰리도록 먹었어

오늘 여덟 시에 엘리베이터는 퇴근할 거고

어제 여덟 시에 엘리베이터는 출근한 거지

버튼을 8초만 누르면 밑에서 엘리베이터가 그물처럼 올
라와

들어봐
그것이 무섭게 올라오는 소리를

레고 블록의 세계

지난겨울 내내 레고 블록을 가지고 놀았다
레고 블록밖에는 없었으므로

조각은 380개 다시 세면 490개였고 380개나 490개의 조
각으로 집을 지으면 벽만 다섯 개가 만들어졌다 다시 허물
면 409개의 조각만 남아 있었다 조각이 어디로 사라지고
어디에서 나타나는지 알고 싶지 않았고 벽을 허물어 다시
집을 만들면 기린 두 마리와 코뿔소 한 마리가 걸어 나왔다
기린과 코뿔소를 부수면 레고 더미가 생겼다 아침에 방문
을 열면 허물어진 더미에서 연필심이 자라고 있었다

젠장, 왜 레고 더미 안에 연필심이 처박혀 있는 건지 알
수 없지만 연필 껍질들이 떨어지고 실수로 연필심이 부러
져도 찔리지는 않았다 레고 블록에 손을 집어넣어 연필심
을 꺼내면 기린이 나오고 우물이 생겼다 코뿔소를 찾으려
고 다시 손을 넣으면 블록들이 깨지고 염소가 태어났다 나
는 풀만 먹었다 엄마는 불을 내뿜어서 놀이에서 항상 내가
졌는데 곁눈질에도 시력은 있어 실리콘에 박아 벽체로 세

왔다

레고로 오르골을 조각한다면 어떤 소리를 낼까
엘사의 동그란 눈동자처럼 두 눈을 깜박거릴까

벽이 사라진 후
겨울은 따뜻했다

평면과 큐브

모래밭에 엎드린 자세로 볼 거야
바닷바람은 멀리서 보면 오징어 같았어
희극적이었고

해변이라는 큐브를 맞추고 말 거야
(배가 올 거야)

4x4x4 퍼즐에서
5x5x5 퍼즐로 바꾸었을 때

SNS에 거짓을 연습하던 여자와
토끼 이빨 조각을 맞추던 남자의
독백을 받아 주던 물거품

해변은 창백한 목덜미 같아
목덜미를 내어주며 맹세했었지
맹세할수록
심장이 모래 같았지

타 오르거라!
타 오르거라!

개머리 능선을 밟고
모래밭에 엎드린 자세로 타 오르거라
사슴 똥을 주우며 타 오르거라

너는 여전히 엎드린 자세로 큐브를 돌리고
(배가 올 거야)
모래 위에 시간을 적고

평면을 만져 볼 수 있을까
해변이라는

비극은 아니니까
모래라는 큐브니까

바나나 동전

바나나 수레를 굴리다가
빠진 바퀴를 들어 올리다가
우리는 너무 무거워서 주기도문을 외웠다

기도는 식물성이어서 잠시 바다에 담가 두어야 한다
서로 부딪치지 않게

수레에 묶인 바나나를 밀고 있는 새와
시계 문을 열고 시간을 알려야 하는 새의 마음은 같아서
흔들리는 수레를 헐값으로 넘길 때
푸른색에서 노란색으로 변하는 동전 사이의 간극은 슬프다

조금만 견뎌봐 동전을 더 줄게

우리는 두발을 강물에 넣고 입술이 파래지도록 바나나를
먹었다 강으로 뛰어들면 입술은 자주색으로 변했는데 광고
모델들이 입술을 자주색으로 칠하는 건 푸른 바나나 때문
이 아니었을까

갈라진 발바닥으로 터진 바나나를 구워 먹고 남겨진 바나나로 도넛을 만들면 그때마다 바나나는 뜨거워져서 팽이처럼 돌고 입 안에서는 여전히 동전을 토해냈다

동전은 쌓이고

푸른색을 냄새로 계산하고 바나나 껍질을 벗기듯 양말을 벗으면 궁전 호텔을 카지노로 만드는 것은 시간문제라는데

저 멀리 바다는 얼마나 더 어두워져야 하는지

바나나를 오래 물에 담가 두어도 썩지 않는 바다가 있다

누군가는 알 수도 있고 누군가는 아무것도 모르는 일

철학자의 나팔

공원을 지날 때
끈적거리는 것이 머리 위로 떨어졌다
동상의 머리는 하얗게 새치가 되어 있었다

비둘기를 총으로 쏘고 싶어

무수히 놀라던 일들이 밤의 두께로 납작해지고
당신의 목은 철골이어서
볼이 빵빵해질 때까지 힘줄이 돋아났다

주름진 이마를 문지르면 나팔이 될까
나팔을 불면 동상이 될까
까무잡잡해진 우리는 서로 다른 철학자의 모습이 되어
갔다

동상을 의자에 앉히고
비둘기에게 비 냄새를 가르칠 수 있다면
빗소리를 팔아서 검정 가발을 살 수 있다면

탬버린을 흔들고 왈츠를 출 거야

지하철 속 미로를 따라 헤매며
그녀는 곱실거리는 시간의 행방을 찾고 있다

공원 입구에서
아기 업은 여자가 동상 덕에 잘 산다며 빵을 팔았다

설탕을 안 넣었어요

동상의 길이와 둘레를 알 수 있을까요?

그녀의 삶은 공갈빵처럼 비어 있었고

한때 동상이었던 그가 흔들던 사과꽃이 생각났다

제2부

노골적인 슬픔

회귀回歸

부추들이 가난한 지붕처럼 자랐다 매일 부추를 뜯던 식구들의 입은 파래졌고 옥상에 세워둔 십자가는 밤에만 붉었다 목욕탕 이층에 있는 교회는 일요일마다 김이 가득했다

너는 파란 것을 믿니?

머리칼을 부추처럼 헝클어뜨리며 우리는 일요일마다 성내고 있었다 푸른 독을 내뿜으며 집요하게 바람의 속도와 창문의 개수를 기억했고 이불을 잡아당기다 실밥이 뜯겨도 자꾸 예배당에 방을 만들었다 개종한 엄마는 아들을 위해 굿을 열었고 파란 부채를 들고 뛰면 우리도 덩달아 뛰었다

신을 쫓아가고 있었다

명절을 앞둔 목욕탕 안은 뜨거운 김이 서려 있었다 머리를 감느라 숙인 가랑이 사이로 낯익은 얼굴이 보였다 아버지는 거품을 씻어내고 때수건만 한 창문을 만들었다 생활이 창문 크기만큼 넓어졌을 때 집으로 돌아갔다 푸른 목덜

미가 하얘질 때까지 서로를 꼭 끌어안았다 꿈속에서 자주
부추밭을 헤매었고 목욕탕 이층에는 피트니스 클럽이 들어
왔다

　그 해 부추는 장판처럼 누렇게 죽어 갔다
　더 이상 푸른 것을 믿지 않았다

가족 I

나무 위를 걷다 보면 쓰다듬을 것이 필요해요

의자에 앉아 목줄에 묶은 그림자를 쓰다듬으면
죽은 개의 이름이 생각나서 지나가는 개에게 내가 아는
백콩이, 해피, 뭉치, 내가 밟아버린 민들레 같은 이름을
지어주기도 하는데

나는 디렉터, 그러니까 직업적으로 개를 낳고 개를 키워
서 어린 개들이 눈을 뜰 때쯤 새엄마를 찾아 주는 일을 하
는데 엄마를 만들지 못하면 나의 젖은 근질거려서 여유증
수술을 미루기 잘했다는 생각이 들기도 하는데

검은 개의 목줄을 쥐고 공원을 거닐다가

공원에서 비슷한 개를 만나면 그 개의 엄마와 나의 개 엄
마가 같을 거라고 생각하다가 개가 한쪽 다리를 들어 올리
는 건 혈육을 알아보는 의식 같은 것으로 생각하다가 그것
은 본질이 다른 수학적 문제여서 아직 태어나지 않은 개를

상상하다가 이름이 생각나지 않을 때는 침을 뱉고

빠르게 공원을 걸으며 목줄을 잡아당겨요

개의 목줄을 당길 때
검은 개는 풀리고 공원은 묶이죠
목줄 풀린 개는 제 갈 길을 미리 알고

공원은 나무에 묶여 가족보다 작아지고

가족 II

짖어대던 목줄이 솟구쳐 올랐다
묶여 있던 모든 힘은 앞발 쪽에 몰려 있고
어머니의 개. 조. 심 경고문은 담벼락 사이에 엎드렸다

골목을 풀어 줄 때 어머니 눈빛은 다정하여서
빙빙 돌던 골목은 금방 온순해지고
발걸음이 팽팽해진 형제들은 날카롭게 타지를 맴돌았다

가장 무서운 것은
목줄 안의 반경이 헝클어지는 일

어머니의 개. 조. 심 경고문이 덜그럭거릴 때
손목을 놓친 형제들이 감추고 있던 꼬리를 꺼냈다

목줄 풀린 안장에 올라탄 꼬리

개. 조. 심 경고문을 떼어내자 몇 겹의 그림자가 뒹구는
골목

묶어줘!
묶어줘!

형제들은 꼬리를 흔들기 시작했다

무서운 건 골목을 나누는 일이다
꼬리는 보도블록에 하얀 분필을 그었다

아직 멀었니?

어머니의 손목이 골목을 붙잡고 있었다

대한미니상회

플리마켓에서 자투리 천을 팔기로 했죠

서커스를 하던 아이가 한 필의 천을 펼쳐 길이를 잴 때마다 물구나무서기를 했어요 옷감을 자를 때 계절이 거꾸로 떨어져 색깔들은 향기로웠어요 가위에서 잘린 색깔이 사방으로 굴렀을 때 떨어진 이름을 병에 담았어요 꽁치를 구울때 몸에서 비린내가 났는데 꽁치 위에 파를 올리는 건 비밀이에요 소금 대신 파를 올렸을 때 우리의 가난은 위장되었죠 비린내가 지워지지 않을 때는 이름을 흔들기도 하죠

비린내를 없애려면 꽃을 뿌려야 해요
마구마구 색깔들을 잘라 색종이처럼 뿌려야 해요

자투리 천으로 만든 이불에서 바스락 소리가 들려요
느낌이요? 까슬까슬한 살갗 쓰라렸어요

아! 이불은 무죄예요
자투리를 붙이면 서커스를 안 해도 된다면서요?

꽃잎이 말라 부서지면 이름이 따뜻해지고

조각조각 붙인 향기가 물구나무서기를 한다구요

노골적인 슬픔

한 손만 쓰는 버릇이 생겼다

악수도 할 수 없고 밥을 물에 말아 먹을 수도 없고 화장실
에서 두루마리 화장지도 풀 수 없게 되었다 손가락 하나가
잘려 나갔다고 생각했다 꿈속에서 잘린 손가락은 벽에 무
언가를 끄적거리기도 했는데 의사는 강박관념일 거라고 말
했다

어릴 적 손가락을 빨 때도 나는 손가락이 없었을지 모른다

아버지의 술병은 알리바이를 대지 못했다 진술서는 아홉
개의 손가락처럼 엉성하게 묘사되어 있었다

잘린 손가락에 골무를 끼웠다

물을 자주 안 주어도 된다는 말에 선인장 화분을 샀다 책
상 구석에 있던 화분에서 싹이 나고 가시가 돋았다 분명 손
가락이었다 선인장을 매만질 때마다 흉통이 왔고 손에서

피가 났다 그것은 고체였다

　입술에 립밤을 발라주던 애인이 혀를 내밀며 암호를 보
냈지만
　귀를 밀어 넣고
　손가락을 내주지 않았다

　골무에서 손가락을 꺼내 보니
　손톱은 엉성하게 자라고 있었고 나는 없었다

　밥을 물에 말아 먹고 있었다

사용법

목요일 밤 폐차장을 지나갔다
폐차장을 지날 때
붉은 녹이 흐르는 포클레인 위에 모자 하나가 얹혀 있었다

누가 던졌을까?

비 오는 날 모자를 쓰면 목요일이 흘러내리지 않을 거라고
수요일에는 팔을 내릴 수 있다고
챙 넓은 모자는 녹슨 포클레인 팔을 부축하고 있는 것 같다

우리는 모자를 주우며
붉은 녹이 흐르는 포클레인 사용법에 대해 떠들었다

부서진 포클레인을 수리하면 다시 쓸 수 있을까

모자 속에 팔을 넣을 수 없어서
심장이 붉게 녹아내리는 포클레인

모자에 고인 물이 새 나가면 물의 껍질만 남아
기억이 자라는 팔

수요일이 몽타주로 겹쳐졌다

누군가 포클레인을 수리하면 모자도 수리되었다

박하 향을 입히고
고백을 물속에 오래 담가 두면 팔이
부드러워졌다

목요일이 글썽거리는 폐차장
챙 넓은 모자를 포클레인 위에 힘껏 던지며
알통만큼 자란 위로를 퍼내고 있다

축제

촛불이 꺼진 후
표정에는 기표한 사람들의 이름이 섞여 있어요
인물 대백과사전에서 떼어다 붙인 표정들이 밤이 되면
표정을 지우고 다른 인물의 표정을 붙이기도 하죠

번호를 부여안고 휘청거리는 벽보들
표정들이 일제히 폭발해요

붓두껍으로 표정을 자르면
꽃목걸이를 한 신부가 태어난다는 전설이 있는데요
스펙 가득한 프로필로 혼례품을 만드는 사람들이
족보로 짠 스웨터를 입고 밤에는 손금을 키워요

 신부들이 악수를 시작하는데 당신도 알겠지만 손금이 쏟
아지면 골목이 되고 창문이 되고 재래시장이 되기도 하는
데 손바닥을 다 쓴 신부들은 칼에 익숙해져서 말라붙은 벽
보를 뜯어내고 풀칠한 후 번호 대신 얼굴을 붙이며 악수를
지우기도 하는데

오후 6시는 표정을 멈춰야 하는 시간

정지화면처럼 멈춰 선 손가락 기호

밤새운 당선 현황판에 꽃핀이 꽂힐 때까지 기호를 가슴
에 묻고

붓두껍의 숫자를 세어보죠

신부들은 풀이 말라붙은 벽보에서 환호성으로 태어나고

시인詩人

부활절에 달걀 한 판을 샀어요
품으면 모두 부화되는 줄 알았죠

건널목을 지나며
아이들을 몇 명이나 낳을 수 있을까
우리는 껌 속에 크레파스를 섞어 씹으며 병아리를 상상
했어요

양계장을 지날 때
부화기 문들은 붉은색이었고 내 모습은 흐릿했어요
유리문 속에는 열을 맞춰 선 아이들이 있었지만
뒷모습을 보여주지 않았죠

골목길에 흩어진 달걀 껍데기와 크레파스들

날마다 일곱 살만 낳아서 세 살을 낳아 본 적 없는

난산이구나

환상이구나

내 나이가 긇아서 붉은 피가 흘렀구나

크레파스는 문장이어서

접속사를 찾지 못해 떠돌고

여물지 못한 받침은 기어 다니는구나

오늘은 깊어졌을까

내일은 깊어졌을까

달걀 안쪽에는 아직 깨어나지 않은 행간을 품고

뾰족한 문장들이 돋아나 있어요

커튼콜

커튼이 올라가면 쇄빙선이다
부드럽게 찢으며 배가 앞으로 나갈 때
유빙은 갈라지고

거리마다 얼어붙은 발가락으로
묘비를 세우는 사람들

너는 내가 날아갈 수 있다고 믿니?
발목을 끊고
체온을 낮추고
물을 찢으면
죽음을 예습할 수 있는 거니?

목적은 폐허였고
방향은 위로였다

얼음은 묘비로 세울 수 없단다
녹으니까

새로운 행성으로 탄생할지도 모르지

물은 얼음보다 따뜻해서
덩어리는 물러지고 조금씩 기울어졌다

유빙은 산 것과 죽은 것을 구별할 수 없지

빌린 신발을 신고
사람을 땅에 묻으면 문명이 시작되니까

아이스링크처럼 깨끗한
독촉장이 날아오고 흰 눈이 내렸다

커튼처럼 내렸다

블랭크*

늦은 여름을 잘라 놓은 듯 너풀거리는 길
갈림길이 보여요

이어폰으로 듣는 애창곡들이 서로 다른 주머니에 쌓이고
노래는 비탈을 만들고 비탈은 이별을 잘라 미끄러워요

디즈니가 싫어
여전히 난 아는 게 아무것도 없어

놀이공원에서 어깨를 부딪치며 캐릭터가 지나갈 때
여러 번 접힌 목마는 창백해진 목에 구멍을 내기 시작했다

목에서 꿈이 흘러나오는 낯선 풍경들
길목과 손목의 방향은 없고
프리즘을 통과하지 못한 기억들이 멈추어 서 있는 곳

너에게 했던 말들이 너무 많아 외우기 어려웠다

이마부터

낯설게 웃고 있는 사람

신겨 두었던 두 발이 지워져 있었다

그물 속에 걸린 눈높이를 본다

감추어 두었던 렌즈를 꺼내 무릎 위에 놓는다

* 데이터를 보존할 수 있는 기억 장소.

총성과 튜닝

야외탁자 위에 먼지 쓴 선풍기
쌀국수에는 고수가 들어 있어요
비린 듯도 하고
비누 냄새가 나는 듯도 해서

보드카를 얼음물에 담그는 것은 폭력이 아닙니다

모래는 팬에 볶은 참깨처럼 뜨거워
의자에 풍선을 달기로 했습니다.
맨발에 체온계를 끼우는 전통은 물려받은 유산
우리는 몸의 온도를 새롭게 튜닝해야 합니다

총알이 스친 기둥을 찾으시오

배낭을 메고 지도를 펼쳐
전쟁의 흔적을 찾았을 때
오토바이는 기타 줄을 빗물처럼 퉁겨내고
죄책감은 탄두처럼 반짝입니다

우리의 목적은 총성을 찾는 일
기둥 밑에서 총성을 주울 수 있을까요

밤과 낮이 바뀌었던 부음
돌이킬 수 없는 얼룩들

기둥에 박힌 총알은 철심을 박은 뼈가 되고
총성은 오토바이처럼 달아나고
지나가는 비처럼 기타 줄은 늘어집니다
언제쯤 아름다운 소리를 들을 수 있을까요

우리도 총알이 스친 기둥을 찾으러 가야 하는데
건물에 기둥이 하나도 없어요

핑크시티

우리의 신분은 분홍색입니다

별들의 매듭이 풀어질 때
물소 젖을 짜는 손목에는 단호함이 있고
비릿함이란 풀들의 눈물 같아서
공손히 따른 토분 찻잔 속에
섞이지 못한 어린 물소의 혀는 모두 분홍색입니다

우리는 유전자가 필요할 때
별자리를 기어 다니는 버릇이 있습니다

팔등에 전갈을 키우시는군요

낙타와 코끼리는 노동을 하고
개와 소들이 무위도식하는 사이
가난한 여인들이
팔목에서 전갈의 집게발을 꺼냅니다
문신에는 처음부터 독성이 없었어요

도시를 지키는 코브라는 유연하고
붉은 혀를 날름거리는 자세는 냉장고가 생각나는군요
공작새의 울음소리가 들리자
피리 소리를 주워 담는 수호자들

스카프 매듭은
부드러운 경외를 문지르고
아침에 드리는 인사는 근질거리는 코를 뚫어 보석을 박
는 일

바람의 언덕은 경사가 없습니다
언덕이 무너졌나요? 처음부터 언덕은 없었다고요

쥐들은 핑크빛으로 물들고

매일 초인종을 누르는 사람
— 돌연변이 적혈구에 대한 보고서

초인종을 눌렀는데 빈혈이 왔어 자궁 속에서 듣던 엄마 목소리 같기도 하고 올챙이 같은 점들이 콕, 콕 입력되는 모스부호 같기도 했어 유전자에 대해 이야기할 때 플라스틱 삼각자에 새겨진 도형들이 생각났어 모형 따라 연필을 넣고 그리면 사생활을 알려주었지 우리는 던킨도넛이라 불렀어 도넛을 먹을 때 삶은 계란과 설탕을 뿌려 먹는 습관 때문에 싸우고 화가 날 때는 피뢰침을 세웠지 도넛을 배달하는 일이 본업이지만 오늘은 튜브를 운반하고 있어 해 질 무렵 튜브를 다리미로 누르면 납작하게 반달이 되고 반달은 죽은 헤모글로빈을 닮았고

초인종을 누르며 빈혈로 쓰러지는 기분, 아니?

베르가모트 향수를 살 거야 반달에서 향기로운 냄새가 날 테니까

색깔? 당연히 붉음이지

나는 매일 초인종을 누르고

동그란 것마다 손가락을 넣고

제3부
커서스Cursus

습관의 힘

덩어리는 어떤 계명입니다
얼굴이 어떤 습관인 것처럼

우리는 한때 입술이 없어서 아가미를 붙이며 가족이 되
었죠
같은 입술에서 나온 습관으로

롯의 여자는 소금기둥이 되고
우리는 피를 썹고

모서리를 잃어버립니다
모든 사람을 연민하였고 그때부터 시작이었어요

덩어리를 떨어뜨렸을 때
간격은 지워집니다

반창고보다는
스테이플러로

금이 간 덩어리를 깁도록 하겠습니다
초인종 같아서 누르면 저녁이 나옵니다

핏줄 가진 것들
두드리면 안 돼요
칼로 다지는 소리를 들을 수 없다는 것

입술은 얼굴을 쉽게 설명하는
팸플릿 같은 것입니다

세수의 형식

복도 중간쯤 철봉 바를 못으로 박았다
목적은 다이어트였고 형식적이어서
매달려 본 적은 없다

철봉 밑을 지날 때
슬쩍 접힌 옆구리가 팽팽해지면
형식을 놓쳐버린 날개를 기억한다

신에게 제사를 지낼 때
유대인들은 새의 날개를 찢지 않았다

굽이 갈라져야 한다거나
비늘과 지느러미가 있어야 하는
파피루스의 주문 같은 것
고백하자면

크레파스로 물고기를 그리거나
새의 발목을 세다가

참을 수 없는 폭식으로 지상의 2월은 얼어가고
8월의 모스크바를 만나 뜨거워지는

감정의 새김질에 매달려
맹목적으로 일요일을 버티다가

세수를 하면 두 팔의 근육은 미끄러웠고
체중은 새의 무게로 바뀌었다

철봉을 하면 날개가 찢어진 기분이었다

수강생

월요일, 공방에서 가죽냄새를 배웠다

냄새를 생각으로 알 때가 있었는데

장롱에는 가죽이라는 동굴이 있습니다. 공방 선생은 웃
으며 말했고
옷 입는 습관은 미래에 도착하지 못했다

월요일, 식구들은 옆구리를 만들어 놓고 아버지 역할을
기대했고
역할은 구부러져 있어서

관계가 지속됐다

내 속에 들이길 원했던 바깥이라고 정의합시다. 공방 선
생은 또 웃었고
튼튼한 날개를 만들고 싶었지만

예의 바르게

휘어지는 혁대가 완성되었을 때

구멍에서

시간과 비명과 잠이 넘쳐흘렀다

동굴이라고 합시다

일요일, 목수가 물과 피를 쏟았던 옆구리에 가죽을 덧댔다

휘어진 곳에서

새로운 역할이 생겼다

새 구멍을 위해 흔적을 표시해 두었다

채식주의자 Ⅰ

다섯 살까지 할머니 어깨를 빠는 버릇이 있었다
어깨에선 언제나 짠맛이 났다

할머니의 구원을 위해 경조사가 있는 친구 집을 다녀오
면 머리를 감거나 부정 탄 것은 물에 담그고 굽이 갈라진
것과 되새김질하지 않는 것들을 구별해야 했다 레위기를
읽는 동안 가족은 오랫동안 되새김질하는 동물이 된 것 같
았다

관계자 외 출입 금지를 붙이면 방은 정물로 바뀌었다

배추를 절일 때는 코스모스 씨앗을 넣었다
의심하지 않았고 할머니를 흉내 냈다

식탁 위에 삶은 고깃덩이를 올렸을 때
신념이 무너졌다

모자 속에 정물을 감추었다

식탁 밑에서 고기를 몰래 먹으며

들키지 않으려고

채식주의자인 척했다

봄밤

양파망에 매달아 놓았던
수선화 알뿌리 화분에 심었다

불안은 양파 같아서 벗겨내야 한다는데
겉옷과 속옷은 모두 검은색뿐
씨앗으로는 구분하지 못해 방문을 걸어 잠갔다

손가락에 묻은 시간은 다르게 지나가고
작업일지에는 머리를 잘랐다고 적혀 있었다

알이 왼편으로 기울어졌다는 편견
세울 수 있다고 알을 굴려 보았지만
두 손으로 으깨 보니 정말 뼈가 없었다

비수처럼 꽂히던 문장의 퍼즐을 맞추다가

알래스카를 향해 투명한 것들이 다치지 않도록
침묵의 조각들을 포장했다

깊숙한 생략에 대해

구부러진 손가락에 대해

예언서대로 기도하는 사람들

씨앗에 침을 발라 살아 있는지 확인한다

약지 손가락에 남은 살색 반지처럼

떼떼 아떼 떼*

수선화 향기 절여지는

봄밤

* 수선화꽃 종류.

말리꽃

신부神父의 등에 비밀을 새겨 넣겠습니다
피는 나오지 않겠지만
구멍마다 마신 포도주가 가득하여
고백은 울타리처럼 세워지겠습니다

제자리로 돌아갈 수 있겠습니다

고해 없이 그림자만으로도 견딜만 하다고
유황과 몰약을 바르면 새살이 돋아날 것이라고
말리꽃 향기에 침을 흘리고 있습니다

관대해지기 위해 그늘이 되어 보기로 했습니다

그늘은 한때 나의 구멍
지붕을 가진 적 없습니다

말리꽃 마를 때까지 허리에 수건을 두른다면

사순절 만찬에 쓸 수 있겠습니까?

탯줄에서 하얀 피가 솟아나고 있군요

말린 말리꽃에서

꽃보다 붉은 그늘을 얻을 수 있겠습니다

떨기나무

아이는 끊임없이 울고 있었다

비행기 통로를 서성거리며
입양아를 부둥켜안고 어쩔 줄 몰라 하던
은발 남자의 눈은 회색이어서 머리는 새털 같고 덤불 같
았다

제가 잠시 안아볼까요?
그는 웃으며 정중히 사양했다
제 아이입니다.

딱 한 번 가 보았던 할머니 집으로 엄마를 찾으러 간 적
있다
엄마는 반기지도 안아주지도 않았다
엄마의 어깨 위에는 새집 같은 덤불이 얹혀 있었다
한 번도 새가 깃든 적 없는

담벼락 떨기나무는 덤불에 가려져 있었다

바람이 불면 총 맞은 것처럼
비둘기나 도요새 무늬 같은 덤불이 펄펄 날렸고
새를 더럽힌다며
엄마는 떨기나무를 자르기 시작했다

덤불에 스며든 빛은 아름다운 스테인리스 무늬처럼 보였다
틈새로 나를 찌르던 빛을 시간이라고 불렀다

혼잣말이 익숙해서 뱉지 못한 말이
입안에 가득했을 때

엄마는 집으로 돌아왔다

가끔 떨기나무가 궁금했지만 묻지 않았다

자세

환절기
직구를 던진 후
체인지업을 던져야 한다는 충고를 들은 후였지

놓친 시간을 되돌리는데 이틀은 너무 길었고
체념은 발이 골절되는 방향으로 떨어졌어

서핑 보드를 훔쳐 바다에 나간 적이 있었어

래시가드를 입고 패들링을 시도하며 보드 위에 손을 올
렸지
서핑 강사의 몸무게를 믿으며 기도하는 자세가 되어갔을 때
강사는 파도의 기울기를 따라 다리를 시옷자로 벌리라고
소리쳤어

물 뱉는 시간
남자는 고함칠 때마다 붉은 해삼처럼 출렁거렸어

베드로처럼 그물을 올리는 자세로

기도하는 자세로

물이 빠져나가지 않게 물을 밟고 싶었어

세 번씩 실패한 바다

바다는 소금물을 토한 후 도망치기 시작했지

한 번도 서핑해보지 않은 자세로

시옷자의 자세로

몰약의 공동체

헐거워진 신들이 겹겹의 신神을 벗고 있다

그곳은 밤에 걸어야 하는 거리
어디선가 짐승 냄새가 풍겨왔다
불 없는 컴컴한 움막에서
천국은 흰옷을 입어야 한다고
모포를 휘감고 누운 두 발
회칠한 나신은 징 소리를 만지고
발장단은 속죄를 위해 꿈틀거린다

타일에 전해지는 공명처럼
마유라!*
마유라!
어디선가 가늘게 묘비명이 출렁거린다

온몸을 태울 때 소리 내어 울지 마십시오
강가Ganga에 신발을 넣지 마십시오
경배는 신발을 위해 이마에 붉은 점을 찍었습니까?

거룩하지 못해서

소금쟁이처럼 조심조심 지나간 자리

내 발에서도 짐승 냄새가 난다

눈초리 사나운 신神을 신고

헐거워진 신神을 벗는 계단

머물지 못한 꽃들이 파랑파랑 흘러 다니고

* 마유라 : 인도 신화에 나오는 신성한 새 (시간의 주기를 상징함)

면역력

팬데믹이 동굴을 좋아한다고 했다

씹지 않은 바이러스들이 구멍을 파고든다고 했다

말할 때마다 박쥐와 사향고양이가 튀어나온다고도 했다

열이 오르고 호흡곤란에 매달린 시선의 끝

지나간 사람들을 헤아리다가 입을 가리고 동굴을 숨겼다

얼굴을 소독해야 하는데

닦아도 닦아도 폐허의 끝은 보이지 않았다

미각이 사라지기 전

불안한 배후를 가려야 한다

이마를 확신하고 들을 귀를 후비고

모아 두었던 키스를 팔았다

우리는 미사보로 마스크를 만들었다

목소리를 크게 하는 안부가

전부인 저녁

오늘 밤 입술 대신 기도를 부탁해

미사보처럼

한 옥타브씩 낮아진 구멍에 매달린 기도들

커서스Cursus*

톱이 있습니까? 도끼가 있습니다.

창문을 부술 작정이군요

가지를 잘라낼 생각입니다

풍경들이 잘리면

우리들이 사다 놓은 얼굴들을 볼 수 있을까요?

알면서도 모르는 체하거나 모르면서 아는 체하는 매뉴얼은

혼인서약서에서 찾아야 합니다

입구와 출구가 다른 근황들이 빨랫줄에 걸려 있고

체념은 열쇠 꾸러미와 나침판과 샌들을 널어놓기도 합니다

콜라병에 꽂혀 있는 오렌지는 식욕이어서

열쇠는 헛돌고 둥둥 떠다닐 뿐 간격이 잡히지 않습니다

국수 건지는 체가 필요합니다

오렌지는 체 긁는 소리를 좋아한다니까요

눈 쌓인 지붕을 비너스라고 읽겠습니다

콜라 속 탄산이 터지고 열쇠 꾸러미와 나침판과 샌들이

의자에서 벽으로 벽에서 지붕으로

트렁크에 담긴 물건들

불꽃은 베이스캠프입니다
잘라낸 후에 보이는

혼잣말하는 빈방입니다

* 매일 하는 기도의 일정한 순서

제4부

노매드

남해 호텔

해변에 액자를 걸었다
샌들은 바다로 달려 나가고
햇빛은 그늘보다 은밀해지기 쉬워서
호텔이란 말이 떠오른다

너무 아름다워서
유언을 작성하기 전
한 사람의 창문이 되기로 한다
투명해지기 위해
꽃병을 치우고 커튼을 접는 의식

맨살이 유리창에 닿을 때

커튼을 정사각형으로 펼치고 얼굴을 약봉지처럼 접어봐
오른쪽 시선은 왼쪽 귀퉁이로
입술에 붙은 거짓말은 혀 속으로 조금씩

접힌 곳이 살며시

가벼워진다

유언을 스쳤던 애도와
권태를 맞서려는 꿈의 궁전들

노산공원 길은 황홀한 버릇이 있어
창문을 열면 남해가 보이고

물고기를 걸어 놓고 기다리면
해변은 비늘을 긁어

물고기가 걸어서 나간다

젬베*

두드리는 소리가 났다
박자보다 먼저 누린내가 났고
북은 어두워지면 무거워졌다

북소리는 손끝에서 심장으로 전달되고
목소리는 심장에서 가죽에게로 간다
가죽은 젖어 있을 때 연해서

안부를 물었다

사냥꾼들은
단단한 가죽과 무른 가죽을 구별할 수 없어서
가죽에 금 긋는 일부터 시작한다고 했다

식물이 생겼다

무두질하다 기름을 태우면 배가 고팠다
선인장으로 가죽을 만들면 풀냄새가 났고

땀이 밴 속옷 냄새가 나기도 했다

고기를 먹고 싶을 때
잇몸으로 가죽을 깨물어 두께를 가늠한다
손목이 겹치고 더러워질 때 나는
서서히 염소가 되어갔다

염소의 등짝에는 세 가지 영혼이 담겨 있다고 한다
거친 표면에는 깊고 낮은 경배가
테두리를 더듬으면 간지러운 욕망이
스치듯 쓰다듬으면 목을 누르는 것 같은 슬픔의 소리가
있다

북을 치지 않을 때
스쿠터를 타고 올라간 방향에서
내 목소리는 괜찮아졌다

* 염소 가죽으로 만든 북.

표류하는 방

체온을 유지할 수 있어요
이 방은 행성에서 날아온 두꺼비
눈 깜짝할 사이 여자를 먹어 치우기도 하는데
바닥은 유리처럼 미끄러워서 악몽이 머물지 못합니다

내가 먹어 치운 여자는
이 방의 즙을 짜 머리카락을 물들입니다
녹색, 한동안 황홀했어요
그리워서 기침이 나기까지

치마 속에는 팽팽한 고무줄
잠들기 전 양파를 씹는 것은 슬픈 일이므로
우리의 동거도 슬퍼지고
불면은 나를 휘감고 나는 남아 있지 않아요

밤에는 머리카락이 자라나요
나를 남기려고 고무줄을 자릅니다

이 방은 체온을 유지할 수 없는 방

내가 먹었던 그것들이 희미해져요

남자인가요?

남자는 양파즙을 짜 머리카락을 물들입니다

눈물이 넘치던 방구석

두꺼비는 귀에다 속삭입니다

네 귀퉁이를 잡아당겨 봐

양이 올 때까지

선샤인 시티

포장마차에서의 예절에 대해 토론이 벌어졌다

닭발을 먹을 때 오도독 소리를 내거나 잔을 세게 부딪치
는 것은 고립의 문제이므로 다닥다닥 붙어 앉을 것 서비스
안주를 받으려면 옆자리 안주와 같은 것을 시키지 말 것 혼
술이라면 어묵탕을 천천히 졸이다가 석 잔을 거푸 마실 것
그러면 로봇이 될 수 있다고 애인이 말했다

애인이 헤어지자고 했을 때 나는 깃털 달린 로봇이 되기
로 마음먹었다 애완견 같은 로봇은 로봇이 아니므로 나는
더욱 로봇에 날개를 달기로 했다

이별 후
누군가 코끼리를 사려면 선샤인 시티에 가야 한다고 귀
뜸했다

지진에도 끄떡없다는 선샤인 시티
유리막 수조에는 형용할 수 없는 기분들이 떠 있고

녹색 풀들과 여인들은 하늘거렸다

나는 애인이 다시 생길 때까지

수조에서 압생트*를 홀짝거리며 겨울이 지나가기를 기다
렸다

녹색 상아가 생겼다

문이 없는 방에서 잠을 자면 코끼리가 날아다녔다

* 압생트 : 형광 녹색의 프랑스 술 70도.

백야

가슴을 더 밀착시켜봐요

들이켠 숨을 참으면 유방이 찌그러지는데
방사선 구역 안에서
아무것도 거역할 수 없었다. 친절했으므로

매일 아침 먹는 알약은 혈행 개선제 같은 것
움직이는 것과 움직이지 못하는 것 중 어느 것이 더 슬픈
가를 생각하다가
캐리어를 챙겼다

허리에 나사를 끼우는 일은 구부러지지 않도록 우산을
펴는 일
반평생을 쉬었으니 앉지 말고 서라는 충고일까

옆 침대 여자가 밤새도록 토한 울렁거림이 곱창처럼 찐
득거릴 때
나도 덩달아 울렁거려서

가지런히 누운 발이 아물 새 없이 미끄러진다. 기어이

시트를 잡는 순간 입안에서 구르는 양들

가슴 속 밀착된 신의 뼈를 만지면
오늘 밤은 페이지가 구불구불한 꿈을 꾸는 걸까?

국적이 다른 간병의 말들이 오가는 사이

집 잃어버린 양 한 마리에게서 상한 사과 냄새가 나고

정체

눈 덮인 야구장은 형광색으로 빛났다

야구장에서는 무엇에 집중해야 할까
글러브 안에는 사과가 공처럼 똘똘 뭉쳐 있었다

우리는 타석을 지나 도루를 외쳤고 글러브를 내던졌다
영하의 온도를 핑계로 손을 잡고 머리를 기댔다
야구장에 온 목적이 모호해졌다

유리창에 매달린 불빛은
배가 고플 때 사과처럼 보였다

파트타임으로 애플파이를 구웠다
오븐이 높아서 까치발을 들고 매달려야 했다
애플파이에 건포도를 넣는 건 그의 취향이었는데
팔다 남은 파이 안에는 건포도가 없었다

우리는 자꾸 눈사람을 만들었다

방에는 눈사람이 가득했고 침대는 얼었다가 녹았다
고백은 눈 속에 처박히고 집중은 다른 곳에서 생겨났다

새들이 사과를 먹게 놔두면 안 되나요?

껍질째로 아삭거리는 식감은 세속적이어서
애플파이는 부드럽고 젤리처럼 말랑말랑해야 한다며
그는 보드카를 홀짝거렸다

애플파이를 만들지 못한 밤
글러브 안에 얼음조각이 흰 눈처럼 날렸다

오늘 밤은 야구공을 받아낼 수 있을까

여름이니까

해변에 오토바이가 지나간다

홍학이 부스스 일어난다

서야 할까 누워야 할까

여름은 붉으니까
당나귀 울음소리를 낸다

홍학이 게와 새우를 먹는다
목구멍에서 나오는 크롬 밀크에 사랑이 느껴져
딱딱한 것을 만질 수 있게 되었다

여름이니까
홍학이 긴 다리로 걸어와 목덜미로 트롬본 소리를 낸다

트롬본을 불면
팔이 모자라서 나팔이 길어졌다

이게 수평선이야

나팔 속을 들여다보면
오토바이를 탄 홍학들이 끝없이 지나가고

해변은 나팔 밖으로 사라졌다

드로잉

선으로 그어진 애인은 매뉴얼이 없다

윤곽을 그리고
옆으로 잡아당긴 입술과 턱
유전자가 모호해서 몇 번씩 덧칠한 코

애인은 귀가 얇아 인사를 듣지 못한다
달팽이관 깊숙이
발바닥이 헝클어지고 있다

애인의 눈썹을 잡아당기니 한쪽 눈이 뭉개진다
문지른 것들은 겹, 겹 그래서 애인의 눈은 여덟 개 다

애인은 견디는 것과 말라붙는 것의 차이를 궁금해했지만
나는 다행히 눈과 귀가 두 개뿐이어서
침을 뱉을 수 있었다

목탄에 빙초산을 섞어 상처에 붙인다면

마디마디 지문처럼 새겨진 그 이름 지울 수 있을까

겨드랑이를 문지르니
뭉쳐 있던 핑계가 옴팍 옴팍 뜯긴다

애인을 오려 액자를 만든다
안부를 오래 간직할 수 있겠지

기억은 희미해지고
뭉개진 눈빛은 동쪽 문을 향하고

노매드

꽃다발처럼 묶여
서로를 잡아당겼던 여름

닳아 버린 오리발과
날개처럼 달았던 파트타임 목록의 공통점은

떠날 수 없다는 것

겨울이 상하기 전에
오리들이 날개를 펼 수 있다면

목이 긴 티셔츠 속으로 머리를 집어넣으며
일기예보를 들을 수 있다면

자, 바람을 묶어 하늘로 올라가 볼까요
지구에 그림자를 만들어 볼까요

수많은 회색 빌딩들은

갈대밭 같군요, 갈대와

갈대 사이에 그림자처럼 알을 낳고
방주를 찾아 떠나야 하지만

우리는 진흙의 자세로 누워
헤엄치는 종족

불가능한 물결

끝없는 그림자놀이로
오리의 부리처럼 묶여

떠나지 못하게 잡아당겼던 그해 겨울

오늘의 식단

단단한 나무와 무른 나무를 구별해야 합니다
나무를 베려면 금 긋는 일부터 시작하죠

타래를 잘못 퉁기면 휘어져 곡선이 되겠지만
괜찮아요 춤을 출 수 있어서

나이테 표정으로
직선을 걸어본 적 없거든요

물관에 접어놓은 새의 율법을 헤아려
오늘의 메뉴를 정합니다

먹줄꼭지에 구멍을 맞춘 다음
직각으로 살며시 퉁겨야
채식주의자가 될 수 있습니다

줄무늬로 자라나는 것들

젓가락에서 젖은 나뭇가지의 비린내가 풍기기도 하지만

먹칼은 무뎌져 나무의 뿔을 자르지 못하므로
설익은 채 흘러나오는 서정으로
불온한 배꼽을 쓰다듬어요

일생을 건조하게 살아서 목이 칼칼할 때
목향 그윽한 피지오를 만들 수 있을까요

한낮을 따라 돌던 그림자가
노크처럼 문에서 멀어지면

숨을 쉴 수 있겠다고 자서전을 쓰겠습니다

핼러윈 축제를 지나는 밤에

말은 너무 빨리 뛰었다

말발굽을 박차고 다리를 들어 올릴 때
등짝에 붙은 엉덩이가 뾰족했다
채찍을 던지면 거친 숨이 아코디언처럼 접히고
턱은 엄격해진다

내가 흘린 땀이라고 생각했는데
말은 허벅지가 축축하도록 뛰고 있었다

말 가면을 쓰면 말의 말을 할 수 있다

우리 평생 뛰어갈 순 없잖아

꼬리를 자루에 넣고 마차를 굴려봐
악령들이 지나가도록

우리들은 부케를 버리고 범퍼카를 부딪치며

피뢰침을 달라고 주문을 외웠다

빛을 보지 못한 눈동자들은 앞만 보고 달리는 버릇이 있다

피뢰침에는 부딪친 기록들이 새겨져 있고
호루라기가 울려도 말은 달리지 않았다

채찍을 늘어뜨리면 살찐 기록들이 희미해진다

가면 속에서 말이 걸어 나온다 말의 발자국이

꼬리를 꺼낸다
고요하게

여러 겹의 안식을

행성에서

비둘기가 앉는 순간
창문이라는 거주가 시작되었다

배워본 적 없는 오토바이는
퀵서비스의 속도로 멀어지는 행성이어서
가스와 먼지로 둘러싸이고
포장된 우리는 흔들리고
황급히 달리며 인사하는 것을 잊어버렸다

기상관측소에서 파도가 밀려온다는
경고문을 행성의 일부라고 생각했다

주꾸미 먹물같이 관측이 불가능했던 일상들

비탈은 취향의 문제이므로
풍경을 자르면 취향이 사라졌다
옥탑방은 구글 지도에 없는 풍경이어서
굴러떨어진 적이 있다

방지 턱을 보지 못해
굴러떨어진 뼈를 주우며

우리는 이동하는 행성에서 살아남아야 한다
스키드 마크가 희미해지기 전에
전파망원경 밖으로 멀어지기 전에
행성이라는 포장에서 나를 꺼내야 했다

작은 충돌이 만든 우주

남승원
(문학평론가)

1

예술을 이해하기 위해 우리는 그것을 구성하는 기본적인 자질들에 주의를 기울이곤 한다. 색채의 어우러짐을 통해 회화의 의미에 다가가거나, 박자나 리듬에 주목하면서 음악의 특성을 고려해보는 것처럼 말이다. 시 장르의 경우 언어에 대한 관심이 이와 동일한 차원이라고 할 수 있는데, 예술과 구성요소라는 일반적 관계에 비해 다소 복잡한 양상을 가질 수밖에 없다. 그것은 먼저 언어가 인간의 보편적 사질로서 확고한 역할을 수행하고 있기 때문이다. 메시지 전달의 명확성을 중심에 둔 일상 언어와는 다르게 시의 언어는 동일한 기표 체계를 공유하고 있으면서도 그 목표의 방향성은 전혀 일치하지 않는다. 여기에서 자연스럽게 생겨나는 시의 언어와 일상어 간의 거리가 시어를, 그리고 나아가 시 문학 자체를 개성적인 것으로 인식하게 만드는 가장 기본적인 지점이라고 할 수 있다.

하지만 여기에서 언어의 가장 기본적인 의미에 대해 생각해보자. 시의 언어와 일상어를 구별하고자 했던 옥타비오 파스의 말대로 언어는 실재를 포착하기에는 조악한 도구이지만, 어쩔 수 없이 실재를 구성하는 전부이기도 하다. 상징이나 기호처럼 언어 없이 존재하는 것은 가능하지만, 이 역시 언어를 매개로 하지 않는다면 설명될 수 없다는 점이 이를 단적으로 말한다. 이처럼 우리가 '언어'를 매개로 대상을 인지하는 한 시의 특성들은 곧 언어의 모든 자질과 일치할 수밖에 없다. 시어와 일상어 간에 존재하는 거리와 상관없이 말이다.

따라서 우리가 시어에 완전히 구별되는 특성을 부여했을 때, 그러니까 일상어와 달리 언어가 그 대상을 창조하는 것과 동일했던 최초의 능력을 향하고 있을 때조차 그것은 어떤 완성을 의미하지 않는다. 일상어에서 출발했지만 다시 일상 언어의 활동을 초월하려는 움직임, 예정된 실패를 거듭하면서도 실재를 향하는 움직임 그 자체가 바로 시어의 존재 방식이라고 할 수 있다.

시의 언어가 가진 역동성을 먼저 이야기해본 것은 시의 장르적 특성을 다시 한 번 생각해보면서 김춘리 시인의 시집 『평면과 큐브』가 보여주는 세계를 이해해보기 위해서이다. 시집을 읽게 된 독자라면 누구라도 느낄 수 있는 것처럼, 김춘리 시인의 언어들은 실재를 포획하기 위해 현실의 모습 위로 끝없이 던져지는 운동성을 보여준다. 그렇게 던져진 언어의 그물들 사이로 길어 올려지는 이미지들은 현란하다고 느껴질 만큼 생동감을 가진 채 우리의 의식 속에서 선명하게 움직인다. 이것을 단순히 언어 운용의 방식으로 이해하지 않도록 주의를 기울일 필요가 있다. 가령 대상을 포착하기 위한 기법으로서의 은유는 일상어와 시어 모두의 차원에서 우리의 인식을, 그리고 나아가 대상과의 관계를 확장한다고 말할 수 있다. 하지만 유사성에 기반한 선택과 대치의 연속으로 이어지는 은유적 사고 아래에서는 대상을 파편화하거나 심지어 그것을 삭제해버리고 마는 무한한 오류의 세계가 만들어질 뿐이다. 이에 맞선 김춘리 시인의 언어는 일방향적 은유 체계에서 벗어나 일상어와 시어의 양쪽을 오가면서 우리 인식의 범주에 기대고 있던 세계를 무너뜨리고 다시 일으키는 것을 반복한다. 시인의 언어가 만들어내는 이 진동은 어떤 의미에 도달하기 위한 것이 아니라 오히려 그것과의 격렬한 투쟁으로 이해해야 할 것이다.

2

부추들이 가난한 지붕처럼 자랐다 매일 부추를 뜯던 식구들의 입은 파래졌고 옥상에 세워둔 십자가는 밤에만 붉었다 목욕탕 이층에 있는 교회는 일요일마다 김이 가득했다

너는 파란 것을 믿니?

머리칼을 부추처럼 헝클어뜨리며 우리는 일요일마다 성내고 있었다 푸른 독을 내뿜으며 집요하게 바람의 속도와 창문의 개수를 기억했고 이불을 잡아당기다 실밥이 뜯겨도 자꾸 예배당에 방을 만들었다 개종한 엄마는 아들을 위해 굿을 열었고 파란 부채를 들고 뛰면 우리도 덩달아 뛰었다

신을 쫓아가고 있었다

명절을 앞둔 목욕탕 안은 뜨거운 김이 서려 있었다 머리를 감느라 숙인 가랑이 사이로 낯익은 얼굴이 보였다 아버지는 거품을 씻어내고 때수건만 한 창문을 만들었다 생활이 창문 크기만큼 넓어졌을 때 집으로 돌아갔다 푸른 목덜미가 하얘질 때까지 서로를 꽉 끌어안았다 꿈속에서 자주 부추밭을 헤매었고 목욕탕 이층에는 피트니스 클럽이 들어왔다

그 해 부추는 장판처럼 누렇게 죽어 갔다

　　더 이상 푸른 것을 믿지 않았다

―「회귀回歸」 전문

　　시인이 선택한 언어들이 구성해 나가는 시적 구조에 주목하면서 이 작품을 읽어보자. 먼저 소재로서 '부추'와 그것의 형태적 유사성을 기반으로 한 '지붕'의 연계를 확인할 수 있다. 그리고 이는 다시 색채 이미지와 "가난"이라는 경험적 내용으로 각각 확장된다. 이때 '부추'로 시작된 색채 이미지는 하나의 상징적 계열체를 이끌어나가는 중심으로서 작품 전체를 관통하고, 이는 다시 내용적 측면에서 '가난'을 중심으로 한 '지붕-식구'의 의미 계열체와 접점들을 만들어 나간다. 이처럼 시어의 활용적 측면이라는 관점에서 본다면 이 작품은 '부추'와 '가난'이 이미지로, 때로는 의미 범주 안에서 만나고 충돌하면서 빚어내는 역동적 움직임으로 구성되어 있다.

　　가령 1연을 자세히 보자면, "식구들"이 겪고 있는 "가난"으로 인해 싫어도 매일 "부추"를 먹을 수밖에 없고, 이와 같은 상황의 지속으로 인해 평안해야 할 거처인 집의 "지붕"이 마치 부추처럼 자라나면서 만드는 위압감을 느끼게 만들어져 있다. 그리고 그런 이들의 눈앞에는 구원의 상징이라고 할 수 있는 교회의 "십자가"만 보일 뿐인데, 그것마저 부추를 먹어 "식구들의 입이 파래"진 것을 조롱하는 것처럼 반대의 이미지로 등장한다.

이때 중요한 것은 김춘리 시인이 만들어가는 시적 구조가 의미의 전달을 염두에 두고 있지 않다는 사실이다. 따라서 앞서 정리해 본 1연의 내용은 사실상 '부추-지붕-십자가'로 이어지는 단어들의 충돌로 인한 긴장감 속에서 돌출되는 하나의 의미결절일 뿐이다. 그렇지 않다면 우리는 김춘리 시인의 작품을 읽어나갈수록 단어들의 움직임을 놓친 채 스스로 만들어가는 논리적 비약만을 따르게 될 우려도 있다. 질문으로 던져진 2연을 만났을 때 이는 다시 중요해진다. 이것은 독자들에게 작품 내에 제시된 어떤 답의 가능성을 환기하기 위해 던져진 것이 아니라, 1연에서 조성된 긴장감의 구조를 다시 3연으로 전환하면서 지속해나가기 위한 전략이기 때문이다. 그것은 4연에서도 동일한 방식으로 반복되면서 5연으로 이어지는데 다시 작품 전체의 구조를 통해서 이를 살펴보자면, '일요일-예배당-개종'을 중심으로 만들어지는 구체적인 행위들(3연)과 '목욕탕-생활-꿈'을 통해 드러나는 회상적 이미지(5연)가 충돌하면서 시적 긴장감을 유지하게 되는 것이다.

부활절에 달걀 한 판을 샀어요
품으면 모두 부화되는 줄 알았죠

건널목을 지나며

아이들을 몇 명이나 낳을 수 있을까

우리는 껌 속에 크레파스를 섞어 씹으며 병아리를 상상했
어요

양계장을 지날 때

부화기 문들은 붉은색이었고 내 모습은 흐릿했어요

유리문 속에는 열을 맞춰 선 아이들이 있었지만

뒷모습을 보여주지 않았죠

골목길에 흩어진 달걀 껍데기와 크레파스들

날마다 일곱 살만 낳아서 세 살을 낳아 본 적 없는

난산이구나

환상이구나

내 나이가 굵어서 붉은 피가 흘렀구나

크레파스는 문장이어서

접속사를 찾지 못해 떠돌고

여물지 못한 받침은 기어 다니는구나

오늘은 깊어졌을까

내일은 깊어졌을까

달걀 안쪽에는 아직 깨어나지 않은 행간을 품고

뾰족한 문장들이 돋아나 있어요

—「시인詩人」 전문

　이 작품은 시인으로서의 자의식이 반영되어 있는데, 시를 쓰는 행위라는 제한된 의미 범주 안에서 김춘리 시인의 구성적 특징을 보다 자세히 살펴볼 수 있다. 먼저 첫 연에서부터 제시되는 상황은 마지막 연과 직접적으로 호응하는데 미완의 대상이 가지고 있는 본질적 생명력을 되살려내는 존재로서 '시인'의 상징적 의미를 명확히 보여준다. 비록 언제나 완전한 상태로 "깨어나지 않"는다 해도 끝까지 그것의 가능성을 품는 것이 시인의 역할로 제시되고 있다.

　하지만 앞서 살펴봤던 것처럼 독자들이 이미 가지고 있는 정보를 좇아 시 안에 숨겨져 있다고 생각되는 의미를 파악하는 것이 김춘리 시인의 작품을 읽어나가는 유일한 방법은 아니다. 작품 전체를 의미 생성의 과정으로 이해한 뒤 각 연의 관계를 살펴보자면 사실 일정한 의미의 전개와는 전혀 상관이 없다는 사실을 발견하게 된다. 가령 2연에 그려지는 상황은 앞서 '부활절 달걀'과 직접적인 의미의 연관이라기보다 "병아리"로 이어지는 이미지와 일종의 환유적 관계를 통해 인접 장면으로의 확대인 것처럼 말이다. 따라서 "크레파스는 문장이어서/ 접속사를 찾지 못해 떠돌고" 있다는 구절은 인과의 관계이면서도 어떤 원인이나 결과를 실제로 제시하지 않는다는 점에서 시인의 단어 운용이 만들어내는 특징을 보여준다.

흥미로운 점은 바로 이 때문에 독자들로서는 "크레파스"나 "문장", 또는 "접속사" 등의 단어를 읽어가는 순간 어떤 의미망의 간섭과도 무관해진다는 사실이다. '크레파스는 문장이다'를 하나의 명제로 받아들일 때조차 우리는 '크레파스'와 '문장'이라는 각각의 단어와 인접한 장면들의 충돌로 인해 그것의 의미에서 벗어나게 되는 것이다. 이처럼 『평면과 큐브』의 많은 작품들에서 우리는 의미 범주가 선명하게 작동하는 순간조차 그 범주 안의 시어들이 의미의 극단을 오가며 일으키는 최대치의 진폭을 확인하게 된다.

초인종을 눌렀는데 빈혈이 왔어 자궁 속에서 듣던 엄마 목소리 같기도 하고 올챙이 같은 점들이 콕, 콕 입력되는 모스부호 같기도 했어 유전자에 대해 이야기할 때 플라스틱 삼각자에 새겨진 도형들이 생각났어 모형 따라 연필을 넣고 그리면 사생활을 알려주었지 우리는 던킨도넛이라 불렀어 도넛을 먹을 때 삶은 계란과 설탕을 뿌려 먹는 습관 때문에 싸우고 화가날 때는 피뢰침을 세웠지 도넛을 배달하는 일이 본업이지만

오늘은 튜브를 운반하고 있어 해 질 무렵 튜브를 다리미로 누
르면 납작하게 반달이 되고 반달은 죽은 헤모글로빈을 닮았고

초인종을 누르며 빈혈로 쓰러지는 기분, 아니?
베르가모트 향수를 살 거야 반달에서 향기로운 냄새가 날
테니까
색깔? 당연히 붉음이지
나는 매일 초인종을 누르고
동그란 것마다 손가락을 넣고
ㅡ「매일 초인종을 누르는 사람 ㅡ 돌연변이 적혈구에
대한 보고서」전문

이 작품 역시 주체로서의 행위에 대한 명확한 자각을 드러
내고 있다는 점에서 앞서 살펴본 「시인詩人」과 한 쌍처럼 여
겨지기도 한다. 처음부터 등장하는 "초인종을" 누르는 구체적
행위가 그것인데, 이 역시 의미화의 과정으로 나아가는 대신
환유적 체계 속으로 거침없이 미끄러진다. 가령 "초인종을 눌
렀는데 빈혈이 왔어"와 이어지는 "자궁 속에서 듣던 엄마 목소
리 같기도 하고"라는 두 문장을 보면 동일한 주체의 목소리로
여겨질 수도 있지만 실제로는 발화자의 위치가 달라지고 있다
는 점을 알 수 있다. 따라서 뒷 문장은 앞 문장의 상황에 의미
를 부여하지 못한다. 대신, 분리된 공간의 한쪽에 어떤 식으로

든 영향을 주게 되는 '초인종'의 일반적 의미에서 비롯하는 기능에 대한 자각이 "엄마 목소리" 또는 "모스부호"처럼 의미상 공통점이 부재한 세계와의 결합과 충돌을 유도한다. 그리고 '빈혈'은 "던킨 도넛"이나 "튜브", "헤모글로빈"처럼 형태에서 비롯된 동일 이미지의 연속 체계를 만드는데 이는 다시 '초인종'과의 긴장관계를 형성한다. 정리해보자면 '초인종-엄마 목소리-모스부호'로 이어지는 의미와 '도넛-튜브-헤모글로빈'으로 연결되어 만들어지는 이미지 간의 충돌이 이 작품을 이끌어가고 있는 것이다.

이처럼 시인은 각 문장들이 서로 연결되어 의미 체계로 확장되지 않도록 정교하게 배치하고 있다. 그런데 이 작품에서 강조하고 싶은 것은 이같은 김춘리 시인의 시적 태도가 곧 세계를 인식하는 방식 그 자체라는 점이다. 위에서 확인한 것처럼 이 작품의 구성, 즉 은유적 관계의 확장을 절단하는 방식이 곧 "초인종을 누르"는 행위를 설명할 수 있는 의미의 전부가 된다. 이어지는 "빈혈"을 같은 의미 범주 안에 둔 해석으로 이루어지는 보편적 방식과 명확히 구분할 필요가 있다. 그의 시적 구성은 전혀 다른 행위들로 도약하는 행위의 시작점, 또 그 행위로 인한 결과들이 수많은 이질적 관계망을 만드는 가능성을 열어 보인다. 그리고 이는 시인으로 하여금 "매일 초인종을 누르"게 만들 수밖에 없는 유일한 계기이자 목표이며, 그 행위를 통해 세계에 대한 인식을 직접 드러낸다.

3

    살펴본 것처럼 김춘리 시인은 언어의 특이성에 대한 자각을 바탕으로 대상의 의미를 한정하는 은유적 사고방식의 폭력성과 맞서고 있다. 그것은 언젠가 한 시인이 언어가 '명사'라는 사실을 지적하면서 '동사'로 이루어진 세계를 포착하기 위한 근본적인 노력을 강조했던 사실을 떠올리게 만든다.(오규원, 「언어 탐구의 궤적」, 『날이지미와 시』, 문학과지성사, 2005.) 김춘리 시인 역시 언어가 태어나는 순간부터 얽매일 수밖에 없는 의미와 이미지에 저항하고, 그 저항의 방식을 자신의 시적 구조로 삼고 있다. 물론 이와 같은 시인의 시적 태도가 기법적 차원에 머물지 않는 것은 당연한 일이다. 언어로 구성되는 것이 피할 수 없는 시 장르의 근본적인 운명이라고 한다면, '시인'에게 언어의 사용은 곧 세계를 표현하는 유일한 방식일 수밖에 없기 때문이다.

비둘기가 앉는 순간
창문이라는 거주가 시작되었다

배워본 적 없는 오토바이는
퀵서비스의 속도로 멀어지는 행성이어서
가스와 먼지로 둘러싸이고

포장된 우리는 흔들리고
황급히 달리며 인사하는 것을 잊어버렸다

기상관측소에서 파도가 밀려온다는
경고문을 행성의 일부라고 생각했다

주꾸미 먹물같이 관측이 불가능했던 일상들

비탈은 취향의 문제이므로
풍경을 자르면 취향이 사라졌다
옥탑방은 구글 지도에 없는 풍경이어서
굴러떨어진 적이 있다

방지 턱을 보지 못해
굴러떨어진 뼈를 주우며

우리는 이동하는 행성에서 살아남아야 한다
스키드 마크가 희미해지기 전에
전파망원경 밖으로 멀어지기 전에
행성이라는 포장에서 나를 꺼내야 했다

—「행성에서」전문

김춘리 시인의 눈으로 구성되는 현실의 모습은 이렇다. "행성"으로 명명된 세계는 "퀵서비스"처럼 좀 더 나은 편의를 제공하거나 "기상관측소"를 두고 미리 재해를 경고하는 안전 관리 시스템을 갖추기 위해 노력한다. 또한 "구글 지도"가 단적으로 보여주는 것처럼, 나날이 발전하는 기술 등을 제시한다. 우리에게 이 모두를 적극적으로 수용하게 만드는 것이 곧 사회 시스템의 목표와 동일시되며, 이는 객관적·과학적인 인과를 바탕으로 하고 있는 제품의 매뉴얼처럼 우리의 삶을 구성하는 필수로 여겨지기도 한다.

하지만 주변에서 흔히 볼 수 있는 실제의 매뉴얼을 떠올려본다면 유일하게 존재하지 않는 것이 하나 있는데, 바로 대상을 향한 질문이다. 예를 들어 전자기기 사용자의 입장에서 매뉴얼은 반드시 필요한 것이고, 그것을 더 유용하게 사용할 수 있도록 만들어준다. 하지만 그 안에는 우리가 사용하는 바로 그 대상의 존재 의의를 향한 질문은 포함될 수도 없으며 그렇게 되어서도 안 된다. 마찬가지로 '퀵서비스, 기상관측소, 구글 지도'는 명확한 기술적 인과의 결과물이지만 그것을 받아들이는 우리에게는 '매뉴얼'만 제시될 뿐 그 어떤 질문도 허용되지 않는 것처럼 말이다.

바로 이 지점에서 인과의 세계를 충격하는 시인의 태도는 우리에게 대상을 향한 자유로운 질문의 가능성을 제시한다. "퀵서비스의 속도"에 포함되어 그동안 우리 눈에 보이지 않았던 세세한 부분들을 그대로 되살려내는 아주 단순한 방식으로도 말이다. 이로 인해 "기상관측소"가 내리는 "경고문"이 실질적 필요와는 상관없이 그저 "행성의 일부"로서 형식적으로 존재하고 있다는 사실도 알 수 있게 된다. 사회 시스템의 본질은 구성원 개개인의 발전을 도모하는 것이 아니라 그저 발전할 수도 있다는 가능성을 제시하는 것에 불과하다는 앨버트 허시먼의 말대로 사회적 재난의 대비조차 형식적 인과를 따르고 있었다는 현실이 드러나는 것이다. 이때 "옥탑방은 구글 지도에도 없는 풍경"이라는 구절은 시인이 바라보고 있는 '행성'의 모습을 단적으로 보여준다. 모든 것을 포착하지만 그 대상의 본질을 이해하는 일과는 전혀 상관없으며, 따라서 누군가가 "굴러떨어"진다고 해도 시스템이 유지되는 데에 문제만 없다면 결국 아무것도 할 필요가 없다는 결론에 이르는 인과의 비인간적 면모를 말이다.

두드리는 소리가 났다
박자보다 먼저 누린내가 났고
북은 어두워지면 무거워졌다

북소리는 손끝에서 심장으로 전달되고
목소리는 심장에서 가죽에게로 간다
가죽은 젖어 있을 때 연해서

안부를 물었다

…(중략)…

염소의 등짝에는 세 가지 영혼이 담겨 있다고 한다
거친 표면에는 깊고 낮은 경배가
테두리를 더듬으면 간지러운 욕망이
스치듯 쓰다듬으면 목을 누르는 것 같은 슬픔의 소리가 있다
— 「젬베」 부분

인과적 의미망의 틀에서 벗어나 '동사' 그대로의 세계를 포착하기 위한 김춘리 시인의 노력은 이 작품에서 확인해 볼 수 있다. 여기에서 시인은 타악기의 일종인 '젬베'를 대상으로 하고 있는데, 연주 행위를 바라보는 일반적인 관점에서 악기는 언제나 그 행위를 구성하는 일부분일 수밖에 없다. 그리고 이 같은 시각에서라면 '젬베'는 연주에 활용되는 유용성을 기준으로 가치 여부로 판단된다.

하지만 시인은 그 의미가 구축되어가는 인과의 방향을 거슬러 올라가고, 결국 악기의 "소리"에서 "누린내"를 감각해낸다. 이 순간 우리는 시인의 방식을 따라 연주를 구성하는 일부분으로서의 악기로 사물을 인지하는 태도에서 벗어나, '젬베'가

중심인 세계로 진입하는 것이 가능해진다. 연주 상황과의 대립적 배치를 통해 다시 특정한 의미로 받아들이지 않도록 주의할 필요가 있다. 다만 우리는 '젬베'를 만들기 위해 사용된 동물의 "영혼"을 상세하게 구별할 수 있는 감각을 처음으로 가지게 되었다는 사실 그 자체가 중요할 뿐이다. 그렇게 "북소리는 손끝에서 심장으로 전달되고/ 목소리는 심장에서 가죽"을 향하는 다성적 장면이 마련되기에 이른다.

이처럼 시집 『평면과 큐브』를 읽어간다는 것은 시인과 가장 대립적인 태도를 취할 때조차 언어와 벌이는 그의 전투에 참여하는 치열한 과정이다. 김춘리 시인은 언어가 벗어날 수 없는 기본적인 자질들을 가장 극단의 지점에 이르기까지 활용하고 있기 때문이다. 따라서 그의 작품들에서는 인과의 관계가 쉽게 단절되면서 그것을 따라가던 의미들과 충돌하고, 다른 차원의 이미지들과의 만남이 자유로운 도약을 감행한다. 이는 단어 운용의 특징이면서 작품을 구성하는 기본 원칙, 그리고 세계를 감각하는 그만의 방식으로도 자유롭게 말해질 수 있다. 흥미로운 것은 시를 하나의 의미 구조로 읽어가기 위한 우리의 노력과 충돌하는 지점에서 이같은 시인의 특징이 가장 직접적으로 드러난다는 사실이다. 단적으로 말해서 '구조'는 '의미'가 될 수 없으며, '의미'는 '실재'와 아무런 관련이 없다. 문제는 인과 체계 속에서 이 관계들을 이해하고자 하는 우리의 기존 인식이다. 앞서 말한 것처럼, 시집 『평면과 큐브』를 통해 우리가 목격하게 되는 것은 관계들의 붕괴 현장이다. 그리고 김춘리 시인의 세계는 모든 것이 무너져 내린 바로 이 한 지점에서 무한히 태어나고 있을 뿐이다.▨

|김춘리|

춘천 출생. 2011년『국제신문』신춘문예 시 부문에 당선되어 작품 활동을 시작했다. 시집『바람의 겹에 본적을 둔다』『모자 속의 말』과 공동시집『언어의 시, 시와 언어』를 냈다. 2012년 천강문학상을 수상했고, 2013년 경기문화재단 문예지원금, 2017년 경기문화재단 전문예술창작지원사업, 2018년 한국문화예술위원회 문학나눔도서보급사업에 선정되었다.

이메일 : aphrodite202@hanmail.net

현대시 기획선 079
평면과 큐브

초판 인쇄 · 2023년 1월 5일
초판 발행 · 2023년 1월 9일
지은이 · 김춘리
펴낸이 · 이선희
펴낸곳 · 한국문연
서울 서대문구 증가로 31길 39, 202호
출판등록 1988년 3월 3일 제3-188호
대표전화 302-2717 | 팩스 · 6442-6053
디지털 현대시 www.koreapoem.co.kr
이메일 koreapoem@hanmail.net

ⓒ 김춘리 2023
ISBN 978-89-6104-327-4 03810

값 12,000원